Ye

2717.

ÉPITRE

À LA

SOCIÉTÉ HELVÉTIQUE

LUE DANS SON ASSEMBLÉE PUBLIQUE

À OLTEN le 19 Mai 1790.

Chez. de Mechel. excud : Basil: 1790.

Le vieillard suisse consacrant ses fils à la patrie devant l'ossuaire de Morat. Vivre LIBRE ou Mourir.

HELL

À BASLE,

CHEZ GUILLAUME HAAS, FILS.

QUEL est donc ce concours qui m'attire en ces lieux !

Que vois-je! et quel spectacle ici frappe mes yeux!

Ah! je vous reconnais.... tous fils de la patrie...

Tous braves citoyens de l'heureuse Helvétie...

Guidés par la concorde et par la loiauté,

Vous venez sur ces bords fêter la liberté,

Et resserrer les noeuds de cette chaine antique

Qui joint tous les enfans de la terre Helvétique.

Trois fois je vous salue.... et votre aspect chéri

Verse une douce joie en mon cœur attendri...

O mes concitoyens, mes amis et mes frères!

Que du ciel protecteur les regards tutélaires

Répandent sur vous tous au gré de mes souhaits,

En ce jour solennel l'allégresse et la paix!

Dans nos épanchemens que nos voix se confondent!

Qu'aux échos du Jura ceux des Alpes répondent

Par ce cri de vallons en vallons répété,

Vive en Suisse à jamais, vive la liberté!

Oui, j'apperçois ton peuple, ô liberté propice!

Recueillir les faveurs de ta main bienfaitrice,

Bénir ton influence et par tes loix heureux

S'honorer de ton culte et t'adresser ses voeux:

Sous ton règne la paix, l'industrie et l'aisance

Sont les durables fruits de notre indépendance:

Tu couvres nos vallons d'innombrables troupeaux;

De pampres et d'épis tu pares nos coteaux:

Jusqu'au sommet des monts maitrisant la nature,

Ta main sur nos rochers fait briller la culture,

Et tu montres ainsi que docile à tes soins

L'homme libre, où qu'il soit, suffit à ses besoins.

Si du haut du Rigi j'embrasse l'étendue [1]

Qu'un paysage immense y déploie à ma vue,

La liberté présente à mes regards errans

Ce tableau de bonheur en cent lieux différens ;

Et de quelque côté que mon oeil se promene,

J'admire son ouvrage et parcours son domaine....

Ici de vieux châteaux dont les murs entr'ouvers

Des tyrans de la Suisse attestent les revers ;

Là des champs de bataille, où l'auguste victoire

D'un peuple de Héros éternise la gloire,

Et plus loin des cités m'offrent dans leurs remparts

Le temple de Thémis et l'école des Arts.

De ces nombreux lauriers teints du sang de nos pères

Je vois de toutes parts les ombres salutaires

S'étendre sur nos lacs, nos hameaux, nos guérets,

Protéger les travaux de Pan et de Céres,

Et repousser au loin la foudre menaçante

Qui gronde avec fracas sur l'Europe tremblante.

. . C'est elle . . . . c'est sa voix qui rassemble en ces lieux

Tout un peuple d'égaux, pour recevoir leurs voeux :

Jaloux de ses faveurs, si nous voulons lui plaire,

Que chacun dans sa main serre la main d'un frère!

Que le charme innocent d'un mutuel plaisir

Ajoute aux doux liens qui doivent nous unir!

Que les mâles accords de nos chants Helvétiques

S'élèvent dans les airs, ainsi que des cantiques!

Et vous, Jeunes Beautés! qui venez parmi nous

Sous l'auspice chéri d'un frère ou d'un époux,

Sans doute qu'un Français pour célébrer vos graces,

Ferait naitre le myrthe et les fleurs sur vos traces;

Mais un Suisse naïf qui ne flatta jamais,

Demande des vertus bien plus que des attraits....

Des femmes dont jadis Zurich fit des guerrières, (2)

Il aspire à revoir en vous les héritières;

À vos concitoyens pour plaire en tous les tems,

La parure et l'éclat sont des arts impuissans:

Un seul suffit.... un seul.... c'est d'être citoyennes;

Les mères des Romains devaient être Romaines.

De tous les coeurs bien nés charme délicieux !

Amour de la patrie ! ô doux présent des cieux !

Toi dont l'antique Grèce a consacré l'exemple,

Veille sur l'Helvétie où s'élève ton temple !

Mets le chapeau de Tell sur nos fronts triomphans,

Et que son fier panache ombrage nos enfans !...

Nos enfans... Quel doux son a frappé mon oreille !...

Quel tendre sentiment chez moi ce nom réveille !...

Tous mes sens sont émus ... je m'échauffe, je crois

De l'auguste patrie entendre ici la voix :

Permettez qu'en ce jour ma bouche vous répète

Ses utiles conseils dont je suis l'interprête :

„ Écoutez, vous dit-elle, écoutez, Citoyens !

„ Par le plus saint des droits vos enfans sont les miens ;

„ N'étends-je pas sur tous mon aile tutélaire ?

„ De vous ainsi que d'eux ne suis-je pas la mère ?

„ Ne dois-je pas veiller sur ces chers rejettons,

„ Honneur de leur famille, espoir de nos Cantons ?

„ Des erreurs qui pourraient en ternir l'innocence

„ Gardez-donc avec soin les jours de leur enfance:

„ Par toutes vos leçons sans cesse apprenez-leur

„ À redouter la honte et non pas la douleur:

„ Endurcissez leur corps pour le rendre robuste,

„ Mais qu'avant tout le coeur devienne humain et juste:

„ Montrez-leur par l'exemple, autant que par la voix,

„ À ne craindre que Dieu pour n'obéir qu'aux loix:

„ Préservez-les du luxe et des moeurs étrangères;

„ Donnez-leur des vertus et non pas des manières;

„ Faites renaitre en eux l'antique loiauté,

„ Et la mâle franchise et la simplicité.

„ N'allez pas hors des lieux qui les auront vû naitre,

„ Exilez loin de vous les courber sous un maitre,

„ Et croire qu'à prix d'or, de la paternité

„ Sur quelque autre le droit puisse être rejetté....

„ Ah! quel oeil peut jamais remplacer l'oeil d'un père?

„ Quel amour est égal à l'amour d'une mère?

„ Par vous - même élevés, et croissant sous vos yeux,

„ Ils revivront en vous, vous renaitrez en eux,

„ Et des soins vigilans donnés à leur enfance

„ L'aspect de leur bonheur sera la récompense.

„ Avec eux du passé parcourez les tableaux;

„ De l'antique Helvétie évoquez les Héros :

„ Offrez à leurs regards, au temple de mémoire,

„ Le nom du grand Arnold tout rayonnant de gloire.

„ Aux armes de bonne - heure accoutumez leurs bras;

„ Par les travaux de Mars faites - en des soldats :

„ Ils n'auront pas besoin, pour cet apprentissage,

„ De vendre aux étrangers leur sang et leur courage;

„ Menez - les seulement sur ces champs dont le nom

„ Rappelle à nos voisins Platée et Marathon...

„ Des sources du Lorets aux plaines des Rauraques, (3)

„ Montrez - leur et Morgarte et Sempach et Saint - Jaques;

„ Sur les bords de la Birs, de l'Are et du Limath

„ Visitez ces vallons qu'illustre maint combat...

„ Et par l'impression de ces nobles trophées,

„ Alors que vous verrez leurs ames réchauffées

„ S'animer au récit de tous ces grands exploits

„ Qui jadis sur leur throne ont fait trembler des Rois,

„ Dites-leur en baisant cette terre natale,

„ À l'aigle des Césars en tout tems si fatale,

„ — Enfans de la patrie et de la liberté, —

„ — Soiez tels que jadis vos pères ont été ! ” —

　　C'est ainsi qu'en ce jour vous parle l'Helvétie...

Frères ! prêtez l'oreille à cette voix chérie ;

Écoutez ses leçons, retenez ses avis :

C'est peu de les entendre, il faut qu'ils soient suivis ...

　　Moi-même, il m'en souvient, au printems de mon âge,

Parcourant des Bernois le fertilé héritage,

J'arrivai dans ces lieux où le miroir des eaux

Répète de Morat les antiques crénaux : (4)

De nos Cantons vainqueurs d'un Prince téméraire,

Ce grand jour ramenait la fête séculaire ...

Tout un peuple à l'envi rassemblé sur ces bords
D'un saint patriotisme exprimait les transports :
Les uns avaient quitté la campagne voisine
Qu'arrosent dans leur cours la Broye et la Sarine;
Les autres descendaient de ces rians côteaux
Que baigne le cristal de trois lacs inégaux;
Plusieurs étaient venus des vergers de Corbières,
Des monts de Vallengin, des Alpes de Gruyères;
J'en vis même accourir de ce riche vallon
Au quel avec son or l'Emme a donné son nom :
Tous différens d'habits, de moeurs et de langage,
Tous unis par le coeur et le même courage,
Tous prêts, s'il le fallait, dans de nouveaux combats
D'affronter des tyrans, de braver le trépas.
Par des chants de victoire et des jeux militaires
Ils venaient célébrer les exploits de leurs pères;
Errans sur cette plaine, ou voguans sur les flots,
De leurs cris d'allégresse ils frappaient les échos.

Près de ce monument, dont la lugubre enceinte

Chez tous les oppresseurs doit réveiller la crainte,

Des enfans folâtraient sur la verdure épars :

Dans ces lieux où jadis flottaient cent étendards,

D'agiles laboureurs et de fraiches bergères

Foulaient ce champ de mort par leurs danses légères ;

À côté, des vieillards assis sur le gazon

Parlaient, la coupe en main, de leur jeune saison ...

À ce touchant spectacle en mon ame attendrie

Plus forte s'élevait la voix de la patrie :

Mon oeil avec transport dans ces jeunes guerriers

De l'antique valeur voiait les héritiers ;

,, La liberté, pensais-je, est leur bonheur suprême

,, Ce qu'on a fait pour elle, ils le feraient de même :

,, Descendans de Héros, je ne crains point qu'en eux

,, Ait pu dégénérer le sang de leurs ayeux. "

 Au retour de la nuit, quand la foule écoulée

Au silence eut laissé cette plage isolée,

Plein de grands souvenirs je revins sur ces bords

Promener ma pensée et nourrir mes transports...

Ici, me dis-je alors, non loin de ces murailles

Notre armée invoquait l'Arbitre des batailles:

Pour prix de leurs exploits, là cent de nos guerriers

Par le vaillant Oswald sont armés chevaliers; (5)

Et plus loin s'étendaient sur ces rives fameuses

Le vaste camp de Charle et ses tentes pompeuses:

Puis me représentant de ce jour de fureur

Les allarmes, les cris, le carnage et l'horreur,

J'imaginais ouïr sur ces plaines sanglantes

Des phantômes plaintifs, des ombres gémissantes,

Et la nuit redoublant sa triste obscurité

Ajoutait à l'erreur de mon coeur agité.

Tout-à-coup entr'ouvrant un rideau de nuages,

La lune a dévoilé le lac et ses rivages;

Je me tourne, et soudain... vers ce vaste cercueil,

Sublime monument de vengeance et de deuil, (6)

J'entrevois trois Bergers : sur leurs pas je m'avance ...

Et dans l'ombre caché, je regarde en silence ...

De l'un, je reconnais l'âge à ses cheveux blancs :

Les deux autres à peine entraient dans leur printems.

„ À vous, si comme à moi, votre patrie est chère,

„ Mes fils, dit le vieillard, écoutez votre père !

„ Trois siècles ont passé depuis que dans ces lieux

„ Ce jour vit le trépas de l'un de vos ayeux :

„ Percé d'un trait fatal, lorsque sa main guerrière

„ Des Gendarmes de Flandre arrachait la bannière,

„ Au sein de son triomphe il expira vainqueur,

„ Et sa mort honorable attesta sa valeur.

„ Héritiers de son nom, si pleins de sa mémoire

„ Vos coeurs qu'un même sang associe à sa gloire,

„ D'imiter son exemple en secret sont jaloux ;

„ À la face du Ciel, mes fils, prosternez-vous ! ...

À genoux l'un et l'autre à l'instant ils tombèrent ;

Du beau feu de l'honneur leurs regards s'enflammèrent :

Puis sur eux étendant ses paternelles mains,

L'heureux vieillard s'écrie, „ O Maitre des humains !

„ Entends les derniers voeux d'un père qui t'en prie . . .

„ Je consacre aujourd'hui mes fils à la patrie :

„ Tous deux ils veulent vivre et mourir pour ses loix . . . .

„ Reçois - en le serment qu'ils t'en font par ma voix.

. . . . Et moi, qui contemplais cette scène sublime,

Je prêtais dans mon coeur un serment unanime . . .

Ici je le répète, et ma bouche dira,

Certain qu'aucun de vous ne la désavoûra,

„ Au nom des vrais enfans de la libre Helvétie,

„ Je jure de t'aimer, ô ma chère Patrie!

„ De mettre mon bonheur, ma gloire à te servir,

„ Et d'accomplir ce mot, VIVRE LIBRE OU MOURIR !

N O T E S.

(1) Le *Rigi* ou *Rigiberg*, haute montagne entre les Cantons de Schweitz et de Lucerne, d'où l'on découvre la plus grande partie de la Suisse intérieure et des bords du Lac des Quatre-Cantons.

(2) Aucun Suisse ne doit ignorer, qu'en 1298, les femmes de *Zurich* s'armèrent pour défendre leur ville contre l'Empereur Albert d'Autriche et en firent lever le siège.

(3) Le *Lorers*, rivière qui sort du petit lac d'Egeri dans le Canton de Zug. C'est sur les bords de ce lac que se donna la bataille de Morgarten, en 1315, comme les combats de St. Jaques en 1444, et de Dornach en 1499 se sont livrés sur ceux de la Birs, dans l'ancien pays des Rauraques.

(4) Le 22. Juin 1776, troisième jubilé de la bataille de *Morat*, dans laquelle 34,000 Suisses de divers Cantons battirent l'armée du Duc Charles de Bourgogne, forte de plus de 60,000 hommes.

(5) Le Comte *Oswald de Thierstein* arma chevaliers avant le combat 150 Suisses, élite de l'armée confédérée.

(6) On ne peut rien de plus sublime par sa simplicité que cette inscription de la Chapelle de Morat, devenue l'ossuaire des Bourguignons tués dans le combat ...

DEO OPT. MAX.
CAROLI INCLYTI ET FORTISSIMI
BURGUNDIAE DUCIS EXERCITUS
MURATUM OBSIDENS AB HELVETIIS
CAESUS HOC SUI MONUMENTUM
RELIQUIT.
ANN. M. CCCC. LXXVI.

www.ingramcontent.com/pod-product-compliance
Lightning Source LLC
Chambersburg PA
CBHW061440170626
46811CB00005B/2321